Un été sa

T0079829

diaphanes

Peter Kurzeck

Un été sans fin

Traduit de l'allemand par
Cécile Wajsbrot

diaphanes

Titre original :

Mein Bahnhofsviertel

© 1991 Stroemfeld Verlag, Frankfurt am Main

© diaphanes

Bienne-Paris 2013

ISBN 978-2-88928-017-9

www.diaphanes.fr

I

Survivance temporaire d'un ancien présent en images éphémères !

Le présent, ce n'est pas seulement maintenant ; pour le quartier de la gare et pour moi, il a commencé aux environs du mois d'août 1958. À 15 ans, apprenti dans une épicerie désespérante de Giessen an der Lahn, avec toujours nombre d'avenirs forcément en tête qui appartiennent désormais – certains sans avoir jamais franchi le présent – définitivement au passé, à des passés multiples ; à 15 ans, mon Dieu, nous y allions comme en pèlerinage ! Où ai-je envie d'aller maintenant ? Quatre-vingts kilomètres de route, le stop avait la réputation d'être dangereux *et* vicieux mais nous en faisions bien sûr : surtout pour aller au Jazzhaus, au Keller, au Storyville, souvent le samedi soir, pour nous soûler de musique ! Deux marks l'entrée et après onze heures, avec un peu de chance, on entrait gratuitement ! Il fallait nécessairement errer, à peine arrivés, dans une dernière lumière dorée et puis des heures encore au crépuscule, surexcités, parlant, parlant entre des halls d'entrepôts sinistres, des chantiers abandonnés et les sombres restes de fabriques géantes. Ou, dans un champ de ruines, un lugubre snack-bar levantin directement importé de Beyrouth.

C'est vrai, ils te manquent maintenant les snacks, les champs de ruines, les places vides englouties ; tant de ciel dans ta mémoire, mais où est passé le temps ? Tu te trouves sur l'une de ces places vides qui n'existent plus depuis longtemps : c'est le soir, le ciel commence à *resplendir*, des voix résonnent autour de toi et aussi dans ta tête, depuis des semaines déjà, peu de sommeil et tu sais que tu ne peux pas mourir ! Au coin de rue suivant la mer pourrait attendre, et un port, et des bateaux au port, New Orleans, San Francisco. Une fois, sur ce genre de place vide, entre ombres et ruines du soir, gagné quatre-vingt-huit marks en quatre minutes pile et *on ne pourra jamais prouver quoi que ce soit contre nous* ! À suivre quelques informations payées à la ligne sur le pouvoir d'achat de quatre-vingt-huit marks à la fin de l'été 1958, à Frankfurt am Main : une petite bière coûtait zéro quarante, un schnaps rapide dans un bistrot normal, quatre-vingts fennichs pour tout le monde. Un cognac Asbach, un dix (dans des cafés avec vases à fleurs et napperons sous les verres). Vingt cigarettes coûtaient toujours un mark soixante-quinze après quatorze ans de vaches grasses ; une livre de pain, combien coûtait une livre de pain en 1958 ? Ils ont tous oublié, tous des ivrognes invétérés, ne savent même pas combien coûte une livre de pain *aujourd'hui*, de nos jours. Désormais nous sommes pour la plupart assis (d'abord aujourd'hui et puis autrefois) dans une brasserie agréable et délabrée avec bière et alcool, ouverte à tout le monde : d'abord dans la Moselstrasse, puis dans l'Elbestrasse, puis la Münchener Strasse, toujours la même, on dirait ; le soir se joint à nous et se met à *tourner*. En tout cas : quatre-vingt-huit marks font une bonne paie hebdomadaire pour un bon maçon ! Tout le monde aussitôt d'approuver, de hocher la tête. C'était l'époque de la semaine universelle de 48 ou 45 heures, 54 pour les trois-huit et au moins 48 dans le commerce de détail, 45 dans les bureaux et les usines, et encore pas toutes les usines ; la semaine de 40 heures était un conte exotique à peu près aussi saugrenu, aussi loin du quotidien que Liz Taylor, les opérations de chirurgie esthétique à Hollywood, les Maldives, la Thaïlande, et le livre ou l'année 1984. C'était le même État infâme (langage châtié), mais on pouvait penser que tous ces vieillards finiraient quand même par disparaître un jour. On se doit de hocher énergiquement la tête, et une autre tournée, tandis qu'au crépuscule, au-dehors, une *pluie du soir oblique et grise*. Dans les vides d'autrefois les façades d'aujourd'hui, lisses, coûteuses, artificielles comme une implantation de fausses dents trop grandes.

À 15 ans tu allais un peu partout ; jamais fatigué ! C'était grisant de marcher pendant des heures d'un porche à l'autre, de se promener pour voir ce qui se passait, où et quoi ! Conversations, voix : personne ne dormait. Tu retenais, emportais chaque regard de pute au passage, chaque moment, chaque adresse qui t'était murmurée comme une promesse de vie et d'avenir ; le lundi était loin. Elles disaient indifféremment *Schätzchen* ou *Darling*. Tu as toujours leur voix à l'oreille, la musique et le claquement des talons hauts sur le trottoir nocturne à l'entrée des immeubles. Les cent pas devant une lumière rouge, échanger des mots aimables et des regards glacés avec des proxénètes et des gangsters de cinéma, et appartenir à tout ça, passer *sans effort d'un rêve à l'autre*, et toujours revenir : chargé d'histoires de vies, tu trimballes chaque amour toute ton existence ; jamais su qui avait payé le mousseux et apporté le whisky, et dans la nuit qui se penche, bu chaque verre jusqu'au bout.

Le dimanche matin dans un snack-bar napolitain tricolore que tu ne retrouveras pas davantage (ce devait être dans la Weserstrasse avant que la Dresdner Bank, en face, ait poussé jusqu'au ciel ; des miettes devant l'entrée, tout un peuple de moineaux et de pigeons en vivait, exactement comme c'est écrit dans la Bible), en prenant un café avec de la grappa et des Gauloises, tu te racontais à toi-même la nuit passée comme un film d'images animées, jamais, même rétrospectivement, rassasié. Les pauses pendant lesquelles le même film défile à l'envers, raclant, crissant, pour se rembobiner toujours plus loin. Elles s'étaient inventé la minijupe en toute indépendance, pratique, pour ce commerce futile et difficile, et bien avant la mode à Paris, Francfort, Budapest et dans chaque grande ville, sans doute, portant en plus des bas de soie avec couture ; douce comme le parfum de tes cheveux, la nuit couvrira mes yeux. Blonde, elle s'appelait Dagmar, Britta, et avec une perruque noire Carmen, ou l'inverse.

C'était la grande époque des GI, le dollar était encore à quatre-vingts, avec des cigarettes américaines et un peu de chance, on pouvait vite se trouver à la tête d'une petite fortune ; une cartouche, huit marks à la vente (et sinon la taule, peut-être avec sursis, et une forte amende, paiement échelonné, certains payaient dix ans tandis que leurs enfants grandissaient dans des conditions misérables). Mon ami Eckart allait encore à l'école, des années de première parce que sa mère, une veuve des pays Baltes autrefois prospère, ne pouvait imaginer son fils unique et son avenir sans l'indispensable baccalauréat. Au minimum architecte ou dentiste, pavillon de banlieue avec cytises et saules pleureurs. Après la classe il passait régulièrement ses après-midis à Giessen (chacun d'eux t'apparaît rétrospectivement comme une arrière-cour trop familière où le temps immobilise tous les instants, où les ombres sont endormies), à organiser son marché noir personnel, passionné par le romantisme et par l'argent.

Une conspiration universelle ; les allers-retours entre la vieille Bahnhofstrasse rouillée et le Pi-Ex interdit, l'aller avec le bus municipal de banlieue grinçant, trolleybus, montée, *qui n'avance pas*, trente fennichs le trajet, six tickets pour un cinquante, retour animé et gratuit avec les Amerloques partis l'après-midi en ville, downtown, dans leur Pontiac, leur Chevy et leur Buick. Non seulement cigarettes et schnaps mais aussi disques, ceintures de shérif, fringues, montres, battes de baseball et bagues des US-Colleges – ne pas y laisser de plumes ! L'ensemble des élèves des écoles de Giessen recevaient de lui leur chewing-gum quotidien, dans chaque école il avait des intermédiaires sous la main. Pour adapter son slang au marché et pour effacer son identité, il parlait toujours américain, avec eux, avec moi, et même avec lui-même : d'où sa singulière habitude de monologues embarrassés et inoffensifs : il me semblait que son slang suffisait amplement. Il aspirait à fournir toute la région (the whole country) non seulement en cigarettes d'Amerloques et en schnaps, mais aussi en essence bon marché du Government. Il ne supportait pas les VW ; il entretenait l'espoir qu'à force de recevoir cette essence bon marché, les Allemands de la haute, au moins, pourraient s'acheter eux aussi des Chevy et des Buick, avec le temps. Et des Cadillac. Il s'était offert des lunettes de soleil californiennes à porter jour et nuit et une veste à 69 $, et quand il ne trimballait pas des sacs Pi-Ex pleins à ras bord, partie la plus fatigante et la plus dangereuse de ce commerce, il affichait ouvertement un air de tireur de ficelles occulte, c'est-à-dire comme au cinéma. *Les sacs ne tiennent pas toujours le coup, quels sacs de merde !* Il s'était acheté une valise avec une bannière étoilée sur laquelle il était écrit, Los Angeles. Grâce à ses gains et selon ses possibilités il allait au moins une fois par jour au cinéma. Pour connaître le monde ou un autre monde. Si je n'avais pas été toujours aussi absorbé dans mes pensées, après mes heures de travail à l'épicerie, j'aurais pu jouer les gardes-du-corps invincibles.

À partir de la deuxième année d'apprentissage, je travaillais le samedi jusqu'à deux heures et quelques seulement. Pas un samedi ou presque où nous ne partions faire du stop sur la B3, riche en virages, en direction de Francfort : nous venions investir les gains de la semaine dans les nuits, dans la vie. L'or pur de notre gloire. Il fallait absolument qu'il fasse encore jour à notre arrivée. Ou passer au-dessus des pertes, les survoler pour ainsi dire car il y avait aussi des semaines de déficit. Le peuple n'était pas mûr pour les bagues d'étudiants : à sa grande déception je n'en voulais pas non plus, j'avais besoin d'avoir mes mains tout à moi ; *peu à peu* il finit par les porter toutes lui-même avec un sourire amer inédit (les films français commençaient à être à la mode).

Nous arrivions et le soleil se couchait. Nous voyions débarquer les GI en taxi, des taxis de plus en plus nombreux, c'était leur jour de paie. Les putes s'étaient faites belles pour l'occasion et se tenaient, disposes, devant les porches. Même immobiles elles dansaient encore. Nous voyions les GI sortir des taxis, une bouteille d'un gallon sous chaque bras, la horde d'or. On jouait leurs chansons partout, et de plus en plus fort ! Ils avaient en poche des billets mal roulés d'un dollar et de dix, ne demandaient jamais le prix : la plupart tenaient déjà à peine debout ! D'un jour de paie à l'autre, ils se promettaient d'en faire tellement et étaient si gris d'avance qu'ils avaient du mal à venir à bout de la contre-valeur de leur bel argent. Pendant des heures, le soleil ne déclinait pas. Après les simples soldats en taxi c'était au tour des sergeants d'arriver dans leur Buick, leur Pontiac, leur Chevy. Vitres ouvertes avec plus de musique encore, plus de whisky, de dollars : ils faisaient *toujours* dépasser leur bras gauche par la vitre pour conduire et traversaient l'effervescence festive des rues avec prudence, roulant à trois miles à l'heure. Avec des pneus à flancs blancs. Des heures après le coucher du soleil le ciel était comme du verre bleu, un ciel de nuit, la mer. Les grosses bagnoles les plus récentes avaient des feux arrière si voyants qu'au freinage, toute la rue resplendissait le soir d'une lumière d'un rouge éclatant ; la musique montait sans obstacle au ciel comme une foule de ballons colorés et les vieilles maisons tragiques se dressaient comme de grandioses juke-boxes *éblouissants* sous un ciel toujours clair, se dressaient comme au bord de la mer. Ce devait être au mois de juin, en juin les gens sont toujours plus beaux ! Nous étions là tous ensemble comme des enfants joyeusement excités sur le point de découvrir que les désirs qu'ils n'osaient jusque-là s'avouer avaient leur raison d'être. Au même instant. Ce soir-là chaque pute brillait d'un éclat sacré avant de redevenir une mince silhouette en jupe courte devant une porte ouverte et d'aller et venir, revenir et brûler dans ta mémoire à jamais – où sont-elles maintenant ?

C'était en 1960, l'été venait tout juste de commencer et on aurait dit qu'il allait durer éternellement. Peut-être aussi parce que j'avais enfin compris qu'un apprenti pouvait se faire porter pâle au moins deux semaines par an. Légitime défense. Au long de notre vie nous trimballons des images glorieuses comme de dangereuses marchandises de contrebande et nous échangeons, d'abord facilement et puis avec effort, claquant des dents, épuisés, comme fiévreux, un rêve pour l'autre. Quatre heures du matin, dans ta mémoire tu le sais, les rue*s vides deviennent mouvantes*. Les pauses pendant lesquelles le même film défile à l'envers, claquant, crissant, pour se rembobiner toujours plus loin. Là, ombres en combinaison, ils défont et remballent l'échafaudage. Là ils reviennent et le remontent. Les mêmes ombres, vieillies. Le même dimanche ensoleillé une fin de matinée en juin, septembre (comme se rêver soi-même). Et maintenant tu te demandes s'il ne suffirait pas d'arrêter de fumer à soixante, soixante-trois ans ; rester jusque-là un fumeur à la chaîne et puis devenir très vieux. À 15 ans je ne pouvais pas prononcer le mot littérature sans bégayer et j'écrivais chaque jour un livre éternel dans ma tête. Je portais toute la journée une blouse grise pour le travail trop grande pour moi et ils n'arrêtaient pas de m'expliquer, pleins de bonne volonté, quelle figure un apprenti devait faire – *pas* celle que je faisais ! Je reçus de la firme un clou et un marteau pour afficher la loi de protection du travail des mineurs, qu'on appelait peut-être autrement à l'époque, un carton jaune, sur le mur du couloir près des toilettes officielles. Il *fallait* qu'elle soit accrochée là mais on n'avait pas le droit de rester devant pour la lire. Quand l'été suivant débuta, je me dis, c'est mon anniversaire et pour vous, je ne suis pas au monde ! Assez attendu ! Me suis acheté deux bouteilles de vin et un tire-bouchon pour la route et suis entré dans le soir de juin ; emportant un bloc-notes et des couleurs, je partis pour la première fois à Paris !

II

À chaque réveil :
réordonner le monde !

« Tu descends vers le métro, et c'est moi, toujours, comme dans d'autres vies antérieures lointaines, comme dans l'eau du bain trouble et croupie de la veille, l'avant-veille, l'avant-avant-veille, la semaine passée. Comme encore soudainement arraché au sommeil, mon Dieu, tu trébuches aujourd'hui dans ce quartier sordide de prostituées. Mais où sommes-nous ? Sans jouets, un géant à la première heure, abandonné des dieux. Une pauvre âme perdue qui ne trouve pas son chemin, qui tousse, s'enroue, un fantôme qui jure. À part moi il n'y a personne. Se concentrer – là il ne reste rien ! Seules les mouettes qui s'envolent avec des cris stridents. Les bouteilles vides dans le caniveau. Et le vent, froid et humide, qui te pénètre jusqu'aux os, le vent souffle et te traverse. Continuer de monter et de descendre les ruelles miséreuses du doute qui te guettent sans sourciller. Que tu ne reconnais nullement, maintenant, plutôt les dessins des grottes de l'âge de pierre, mon bateau est au port, je viens d'ailleurs, complètement. Encore deux mille ans. »

Encore un autre matin froid et humide, nébuleux, un jour de semaine où tu viens de la Mainzer Landstrasse à la troisième personne, traversant à la hâte le quartier de la gare : un fantôme entouré de spectres ! Les rues se sont… mises en mouvement *par à-coups*, passent devant toi en titubant ; le jour ne te connaît pas ! Voilà déjà la Gutleutstrasse avec sa suffisance administrative : l'office public d'urbanisme, l'office du tourisme – faut-il les saluer ? Le jour se tait obstinément, dans chaque parking la mort guette ! Comment, te dis-tu, le quartier de la gare ? Très petit, petit et sans visage et ce serait tout ? Tu te retournes sur-le-champ, candide comme une figure de conte qui se serait perdue dans la forêt enchantée, te retournes pour rechercher tes traces sur ce pavé incertain, des passés, la jeunesse, ma vie a plusieurs moitiés. En pensée, un géant, encore un bon coup de pied à la *Vereinigte Aachener und Münchener Haus*, la maison unifiée de Munich et d'Aix-la-Chapelle, parce qu'avec sa façade polie elle est là, n'attend que ça, parce que tu ne peux t'empêcher de penser, ce qui te *tourmente*, à la maison d'angle disparue de jadis. Voilà donc ce présent miteux et minable : ce qu'on ne garde pas en tête est perdu à jamais !

Parce que ça allait trop vite pour toi, parce que comme si tu avais des œillères administratives, citoyen, piéton de Francfort, tu ne voyais plus rien (et ça, impossible de l'accepter) : c'est pourquoi tu as fait demi-tour ! Trouver maintenant le chemin du retour, prends le temps ! Des arrêts, trois bistrots par immeuble, pourquoi ne pas y passer la journée, du bas de la Weserstrasse au haut de la Moselstrasse, tu as vécu tant de choses ici et tu reconnais à peine, des années après tu te souviendras que tu y pensais aujourd'hui à chaque pas : après-coup, ce sera *indubitablement* notre vie, notre époque ! Au coin de rue suivant le soir attend et entre bientôt en action avec ses lumières d'aujourd'hui et ses voix, sa musique aussi, et *maintenant* tu reconnais ? *Celui qui va là et qui avait trois vœux à faire, mais c'était toi !* N'est-ce pas comme s'ils allumaient un feu nuit après nuit, dans le quartier de la gare ? Quels sont les prix aujourd'hui, te demandes-tu ; même le maire de la ville ne saurait pas ! *En route vers la gare* : nous pouvons au moins nous réjouir des boutiques grecques et turques et des bistrots de la Münchener Strasse. Du côté gauche. D'un coup tu sens que tu as de nouveau un corps. Comme un autre pays : d'un coup tu vas avec tous tes membres et tous tes sens, avec envie. Alors que d'habitude – un paquet de nœuds, bon sang, remuant vaguement dans la confusion générale, au pas des rues de Francfort. À peine t'es-tu arrêté (en pensée je ne sais où) qu'un marchand grec t'offre une pêche *souriante*. Pour que tu le croies, elle est bien juteuse et sucrée ! Et maintenant tu vois que c'est bientôt le temps des cerises. Enfant, tu traversais chaque année la petite forêt de cerisiers (notre petite forêt de Staufenberg) et le Goldmorgen – une parcelle de champ qui s'appelait ainsi – et tu pénétrais dans le mois de juin, et jusqu'à ton anniversaire. Ici tu t'en rends compte au prix, à l'abondance, aux caisses de fruits qui viennent de loin et qui se trouvent là – en un éclair tu vois le long chemin qu'ils ont parcouru s'animer devant toi : au début de l'été les contrées, les routes et les côtes sous nombre de ciels, la Thrace, la Thessalie, l'Arcadie, chaque station-essence, chaque pauvre cabane de tôle ondulée, les ânes poussiéreux, les bateaux qui tanguent, les trains de marchandises las et les camions en piteux état, d'ici jusqu'à la Morée, jusqu'à l'extrême pointe sud du Péloponèse et derrière, les îles qui sombrent dans l'ultime lumière du soir. Nous n'aurions pas dû quitter la terre ! Une fois tu avais posé une valise là, dans la Münchener Strasse, *près* de la voiture et non dans le coffre, puis démarré aussitôt, vite parti, et tu l'avais retrouvée intacte ! Rétrospectivement ç'aurait pu être une valise pleine d'argent ! Tu continues, le soleil a percé, tu le vois à ton ombre éphémère. Qui t'accompagne. Quand *elle* ne sera plus là, tu la regretteras, vous vous connaissez depuis si longtemps ! Et n'oublie pas la pêche juteuse et sucrée ! Jusqu'à la gare, c'est vrai, une gare pour aller partout !

Ce vieux siècle ! Vingt ans après la fin de la guerre les ruines du quartier de la gare se dressaient toujours, tantôt vides avec des planches clouées, tantôt confuses (comme dans le sommeil), reconstruites à moitié seulement, au bord du soir, comme si la mer commençait juste derrière. Comme des bateaux échoués. Comme si depuis nombre d'âges et d'années elles allaient, avec le temps qui passe, s'enfoncer un peu plus dans la terre. Comment est-ce arrivé ? Tu pourrais jurer que tu as vécu quelques *vrais* tremblements de terre, ici ! Comme dans ton enfance au bout d'une longue journée les flaques d'essence sur l'asphalte brûlant, pas un nuage dans le ciel, ainsi les images brillent et chatoient dans ta mémoire avec les couleurs les plus invraisemblables de l'arc-en-ciel, ne cessent de te hanter : le ciel, *un miroir vide*. Maintenant tu vas, lisant les noms : Palais d'amour, Lido, Moulin rouge. Qui clignotent dans ta tête comme des lampions colorés, des guirlandes entières de lampions colorés. Il ne fera pas nuit avant longtemps. Et d'un coup te vient l'idée (un peu compliquée) que ces noms remontent droit aux fantaisies éculées du monde disparu de nos grands-pères : ils en rêvaient avec maladresse ou n'osaient en rêver à leur bureau et à leur établi, dans les cages qu'ils se fabriquaient eux-mêmes, consuls, caissiers, cochers ou compagnons cordonniers. Dans leur moitié de lit conjugal et dans l'ennui respectable des dimanches après-midis de leurs chambres bénies. Apprentis boulangers adolescents qui, après quatre heures de sommeil, délivrent à quatre heures du matin des petits pains frais odorants en grelottant, en chantonnant par cœur, dans leur demi-sommeil, des opérettes entières, sifflant comme des étourneaux dans l'air gris et frais de la veille, *sans gaz d'échappement*, en 1896. Porteurs, apprentis, une gifle prompte au moindre bâillement ! Le mot « mais » passait pour une opposition dans leur bouche, une insolence ; on s'adressait à eux par des bourrades plutôt que par leur nom. Et les apprenties soumises, emmenées à la cave pour des coups et pour le plaisir ou les deux à la fois. Sommeil réparateur, bonne conscience. Après chaque guerre ils en rêvaient de nouveau, les esclavagistes de la haute, et jusque tard dans notre siècle. Les bonnes n'avaient qu'un prénom, étaient contentes d'avoir du travail, reconnaissantes de la moindre saleté qu'elles devaient nettoyer, elles savaient se tenir. Et les petits pains : un demi denier les trois et bien sûr plus gros et meilleurs qu'aujourd'hui. Portés à domicile encore chauds, on accrochait des sacs à la fenêtre de la cuisine pour les remonter. Rien n'était jamais volé et dans chaque ville il y avait une Kaiserstrasse. Sans oublier les dimanches, Dieu veille, fait une pause : il y a les sentiments des jours de semaine et les sentiments du dimanche, les péchés et les jugements des uns et des autres, tout ce qui passe n'est qu'une parabole, une époque barbare après l'autre. Transmis jusqu'à nous, jusqu'au présent (mais quel présent ?) comme le visage endormi des chauve-souris et des monuments, comme des vampires ou des maladies héréditaires. Vraiment, même si désormais les putes arrivent tous les trois mois par avion, toutes fraîches, déjà dressées, dopées, avec un vocabulaire minimal, provenant de pays à mauvaise balance commerciale, à l'air meilleur et l'eau plus pure, avec moins d'attentes dans la vie et toujours d'autres rêves. Et dans *Blitz-Tip*, dans l'*Abendpost* et le *Rundschau,* celles qui ont accédé au rang d'hôtesse passent des annonces, putes à louer par téléphone, arrivages réguliers du Westerwald, d'Offenbach, Hanau, Heddernheim et chacun comprend, jeune fille fraîche de la Puszta, du pays du soleil de minuit, pour goûts exigeants, super canon, inédit à Francfort, minette, mulâtresse, blond suédois et perle de la Jamaïque. Elles ont leurs propres clichés typographiques pour ces annonces hebdomadaires. N'avions-nous rien d'autre à souhaiter, te demandes-tu obstinément, empêtré dans d'imprévisibles conversations avec toi-même, ce qui ne te console nullement, n'aurions-nous pas désiré et connu davantage ? Comme si l'humanité d'aujourd'hui avait désappris à faire des vœux ! De toute façon l'affaire des médias et des agences, désormais ! Ne devrions-nous pas envier aussi les grands-pères morts dans la béatitude du temps des valses ? Pas pour leur sens de l'épargne mais pour l'autosatisfaction, les photos de famille, pour l'apparence d'une paix durable qui n'existera plus jamais. C'est pour ça qu'ils sont devenus très vieux. Ce fut la dernière paix terrestre : plus jamais l'humanité ne sera aussi innocente !

D'autres noms, *en lettres lumineuses vacillantes* tu les vois déambuler sans fin dans tes journées, tes années, dans la mémoire lasse du soir ; issus tout droit des films populaires et bornés, des tubes stupides et des idées bizarres du début des années cinquante. C'est justement dans ce genre de bordels et de bars à arnaque que chaque mâle doté du droit de vote pouvait, à l'époque, claquer son demi-million d'État gagné au loto : le claquer d'abord sans se poser de question, puis dans un voyage à l'allemande autour du monde sans demander le prix, puis rapporter ce bel argent tranquillement chez soi jusqu'au dernier fennich dans une valise flambant neuve (payée grâce au salaire honorablement gagné de la semaine ou empruntée à sa famille hostile, spécialement à cet effet), une valise du Kaufhaus en skaï ; puis s'abrutir en construisant une maison allemande, la « Villa Sonnenschein » – acheter un vrai château de rêve, un Neuschwanstein avec chauffage central, linoleum au sol, avec jardiniers et ligne de bus (les moquettes d'outre-Atlantique viendront plus tard), ouvrir un hôtel pour gens distingués, l'hôtel Thermal Regina – l'épouse, totalement oubliée : comment s'appelle-t-elle déjà ? Regarder comment vivent les gens distingués, *malin* laisser l'argent travailler pour soi comme une masse de fourmis infatigables et le recompter plusieurs fois par jour : *uniquement en pièces d'un mark* ! Se payer la jolie petite Brigitte Bardot et Gina Lollobrigida, avec paquet cadeau ! Et à l'épouse en guise de surprise une petite chaîne en argent doré et un des premiers aspirateurs, le premier du village crépusculaire ou plutôt de l'immeuble natal du soir, de la banlieue chrétienne, mon Dieu, de toute la cité infamante de logements sociaux. Acheter une Mercedes 300 avec chôffeur et inviter l'increvable chancelier fédéral avec les beaux-parents gâteux (qui sont encore vaguement en vie), café et gâteaux ! Mais décommander les beaux-parents au dernier moment pour qu'ils ne nous fassent pas honte devant le Herr Dr. Bundeskanzler — ils arrivent à peine à mâcher avec leur nouvel appareil commun, ne connaissent rien à rien et veulent intervenir sur tout ! Monsieur le chancelier fédéral sait se tenir : il passera le dimanche après-midi à s'émerveiller devant le nouveau meuble à musique !

Autre rêve récurrent, acheter son lieu de travail, la firme florissante ruinée, acheter l'employeur et la concurrence avec ! Et réaliser pendant cinq minutes de luxe ce vœu ancien : en costume du dimanche dans le fauteuil du directeur avec un cigare à cinq marks, *faire* comme si on dictait et téléphonait, les pieds sur le bureau ! Pas tout à fait soi, comme quelqu'un d'autre : attendu trois ou quatre vies ce moment ! Se faire photographier ainsi sous toutes les coutures ! (Jamais fumé le cigare avant ! En 1959 le téléphone, pour un ouvrier non spécialisé, une personne normale, était encore ici une aberration coûteuse !) Puis continuer modestement comme manœuvre sur les machines de sa propre firme et saluer tous les jours d'en bas, comme d'habitude, le directeur acheté et l'idole-usine restaurée. Enterrer le gain, mettre de côté, le faire coudre par l'épouse aux yeux bandés dans des matelas délaissés. Avec du fil de cordonnier ! Ou plutôt sur le livret de caisse d'épargne et ne jamais y toucher, n'y toucher

qu'en cas d'extrême urgence, n'y toucher à aucun prix !
Ajouter au contraire hâtivement à ses économies, semaine
après semaine ! Mais où et comment les enterrer, nom de
Dieu ? Après minuit sur un chantier municipal sans être
vu : entrée interdite ! S'éclairer à l'aide d'une lampe de
poche : tenir la lampe entre ses dents, haletant, et creuser des deux mains comme une taupe, tant le sous-sol
urbain est dur. Demain trois couches de goudron seront
posées officiellement dessus ! *Loto, pronostics football* !
Ce n'est pas que la plupart aient jamais gagné à l'occasion
plus de quatre marks cinquante – dans le meilleur des cas
– mais de samedi en samedi ils continuaient d'y croire :
chaque vraie croyance se renouvelle d'elle-même ! Au
lieu de mourir ouvrier métallurgiste – nulle délivrance
en vue – *dix ans* plus tôt ! Les enfants paient pour leurs
parents ! Au lieu de ne plus se lever, un lundi matin, définitivement, d'envoyer promener son travail, un mercredi
midi, sans qu'apparemment rien n'ait annoncé l'orage,
de ne plus retrouver son chemin, un samedi soir, sans
passé et sans nom, de prendre son courage à deux mains,
un dimanche après-midi, pour rétablir enfin l'ordre et le
calme dans la maison et la région, dans son esprit incom-
préhensible à soi-même, une hache à la main : la paix,
maintenant ! Les bordels, les bistrots, les noms, tu les as
parfois cherchés en vain des années – disparus comme
par enchantement, c'est *possible* ! Maintenant tu marches et tu notes les noms ! Et d'authentiques gagnants du
loto (il doit y en avoir, de même que ce consommateur

moyen statistique dont les exigences ne cessent de croître) auront vraiment claqué consciencieusement leurs gains dans des bordels et des bars honorables d'ici ou d'ailleurs ! Parce qu'ils ne savaient pas quoi en faire, si soudain alors qu'attendu toute une vie ! Parce que sans pratique et sans vue d'ensemble ils ne pouvaient, dans le frisson du premier bonheur, s'arrêter au deuxième verre : dans une main le cul d'une blonde, cher et bon, et dans l'autre, qui nous rappelle sans cesse le marteau-piqueur de la veille, la souplesse des seins d'une brunette – et le mousseux d'Edeka, la bouteille à 685 DM – le faire couler dans la gorge victorieuse à quatre mains parce qu'en dernière analyse, c'était encore le plus raisonnable à faire et *vite* de cette richesse insolite. Pour revenir le plus rapidement possible sur terre. Autrement ils n'y auraient pas cru. Quand j'avais douze ans, une série dans le *Familien-Quick* de l'époque, chez le coiffeur, dans le *Neuer* ou le *Münchener Illustrierte*, dans le *Grüner Blatt* ou Dieu sait où : les confessions raisonnées d'une dizaine de gagnants au loto. Quelques années plus tard, chacun d'eux allait beaucoup plus mal qu'avant d'avoir gagné, et à juste titre ! L'argent foutu en l'air, s'être fatigué à construire la maison, s'être fatigué à s'amuser : et maintenant maladie d'estomac, insuffisance hépatique, double infarctus et cinq demandes de paternité de trois mères différentes (ressemblance, portrait craché, les mioches tous du même groupe sanguin). Faux amis, ils croyaient que le pèze allait durer éternellement, les mines d'or d'Alaska. L'épouse qui a filé avec les malheureux enfants réclame sa part d'un argent qu'il n'a plus depuis long-temps – mais où est-il passé ? La construction neuve à moitié finie devient une ruine ou bien un nouveau riche à la tête d'une compagnie de taxis, un étranger total, doit y emménager prochainement. Sous nos yeux. Nos pro-pres enfants ne nous reconnaissent pas ! Maintenant au chômage, malade, même pas assuré, il doit rembourser TROIS CENT MILLE marks au fisc, tant de zéros qu'il ne s'en serait pas sorti sans avocat ! L'un avait fait chanter René Carol en *live* à longueur de journée pour lui seul ou pour lui et ses anciens copains de travail. Reportage. Une année en taxi de casino en casino avec une serviette pleine d'argent, toujours remplie à temps. Conduire sans permis, alcool au volant. *Maintenant* dans la misère et malade *il souhaiterait* retrouver son travail de forçat, sa famille, le deux pièces avec toilettes sur le palier. Dans ce passé transfiguré, grâce à la péréquation annuelle de l'impôt sur le revenu ils pourraient aller bientôt passer une semaine abordable et heureuse dans la forêt Noire ou s'acheter un nouveau canapé convertible, un canapé-lit bon marché ! Le samedi soir il est assis à la maison, fati-gué, en sous-vêtements dans sa cuisine devant une bière, les enfants sont au lit tandis que sa femme prépare un gâteau du Dr. Oetker. À la radio le concert idéal, le hit-parade de 1956, une bière ni trop chaude ni trop froide, et il *attend les chiffres du loto* ! Demain, grasse matinée ! Le plus atteint, un paraplégique dans un fauteuil roulant tout neuf (voir photo), parce que dès la première sortie la nouvelle Ferrari est allée trop vite (avant, une simple Lloyd LP 400 qu'il a léguée, dans l'euphorie de la victoire, à un jardin d'enfants pour qu'ils s'amusent avec) et dans son immobilité inhabituelle, dans son malheur, à même de déchiffrer la manifestation divine et moralisatrice : l'argent ne fait pas le bonheur mais les voies de Dieu sont *impénétrables* ! Peut-être faut-il tout repenser chaque jour, Lui aussi, finalement ; tout le monde (connu) ! *À chaque réveil : réordonner le monde !*

III

Le soir chacun est assis là et a une histoire à raconter !

« En pensée tu verses de nouveau en toi tous les verres, toutes les bouteilles de ta vie : sans compter en cas de besoin les nombreuses bières, le vin cher ou bon marché et tous les *brûlants* tord-boyaux. Comme si tu devais boire le ciel du soir jusqu'à le vider, tu bois, effaçant les années, puis elles s'élèvent, tu les bois encore et encore. Et tu vois, tu es toujours vivant. »

Le jour commençait à *jaunir* en lisière d'abord : des quartiers entiers d'immeubles locatifs flottant dans un crépuscule de fumée bleue qui sombraient irrémédiablement ; des quartiers entiers vendus depuis longtemps à la démolition. Comme les jours et les ans ils se sont effondrés avec fracas : comme des lumières et des échos, les noms, les époques et les événements frissonnent, continuent de briller et résonner en toi ; voilà que le jukebox hurle de nouveau : Oh Johnny, sing along ! Le soir vient, chacun est assis là et a une histoire à raconter ! Ça donne *soif* ! Plus il se fait tard, plus le premier tord-boyaux venu, finalement, nous suffit, comme sur le lieu d'exécution, à l'aube.

Ceux qui en 1954, semaine après semaine, avaient les douze bons numéros des pronostics de football sur le papier et qu'un bonheur inattendu réduisit à la banqueroute, transforma en invalides insolvables : les uns, tu peux tranquillement les oublier comme de vieux journaux ! Quant à l'autre genre de veinards, ceux qui ne touchent pas à leur gain de leur vie, comme un anneau magique qu'on garderait pour plus tard, pour qui l'argent, un simple chiffre sur un compte en banque – comme s'il n'existait pas : tu peux pareillement tirer un trait sur eux et oublier ! Ils se tiennent, solennels, tels des photos sur le buffet de la salle de séjour dominicale. Comme des embryons sous vitrine. L'avenir n'est pas encore arrivé ! Ce qui reste, ce que tu ne peux pas te sortir de la tête, malgré tes allées et venues : aujourd'hui comme hier c'est la somme du temps. Ici *le plus souvent* c'est *le soir.* Le ciel est encore clair, le jour luit, se noie dans les verres, les miroirs. Ah, les cuites, la poésie, tout ce qui nous déchire ! Mon Dieu, quel travail épuisant de chaque instant, le plaisir ! Non seulement pour les pros, les putes, les serveuses, les appâts, les videurs, ça on le sait (même le lecteur le plus bête croira l'avoir toujours vaguement pressenti) ; non, plus encore pour les puissants, la clientèle payante !

D'où viennent-ils tous, jour après jour ? Il y en a *certains* que tu ne revois jamais. D'autres, tu as l'impression de les connaître depuis toujours, des fantômes familiers ; chacun le sien. Et voici qu'à nouveau le jukebox gronde dans ta tête — il faut tout boire jusqu'au bout ! Il faut chanter ! Les sentiments aussi ! Et ne pas oublier de recompter la monnaie ! Déjà on nous apporte le cognac suivant, le même instant mais dix ans plus tard ; les vies ne sont pas faciles, *ça n'fait rien* ! Les clients, la clientèle : chacun pour soi, il te semble qu'ils seraient mieux traités ailleurs, peu importe où ! Ils sont dans un état second, il faut bien que le plaisir soit. Ils auraient mieux fait de se reposer, de laver leur sainte voiture dix fois par semaine, d'aller se coucher tôt comme la veille. Ranger enfin leur cave et leur passé, le bric-à-brac de la mémoire. *Quatre heures de l'après-midi*, certains se couchent tôt pendant trente ans et s'étonnent de devenir vieux : au moins pas encore dans un établissement spécialisé. Nettoyer, prendre un bain, mettre en ordre, ému, sa succession, mettre en ordre sans arrêt ; mais où est passé le temps ? Creuser un trou profond, seul avec soi-même, maladroit, s'exercer à l'oubli et méditer savamment sur la vie ou sur cette brume qui nous trotte dans la tête pendant des heures, obscurément, une vraie énigme ; un ciel couvert depuis des jours. La dernière promenade en instance depuis longtemps, un adieu, oublier des noms, le temps sera prélevé dans les délais, par virement permanent, on vient et on s'en va, éternellement ; on *est partis*. Déjà un étranger total, comme sur une photo d'avis de recherche. Avec l'épouse une fois encore, bonne volonté, rien que des mots, bientôt je serai vieux. Les enfants ont grandi hors du foyer sans nous avoir connus, nous-mêmes nous ne nous connaissons pas ; les bistrots s'appellent Jardin du paradis ou Chez Leo, brasserie pas chère. Des palmiers de carton, encore une plage artificielle ; le contraire d'une fontaine de jouvence, de santé. Même dans le travail le plus affligeant ils devaient avoir l'air moins déplacés, moins abrutis ! Comme de gros chiens tachetés qui n'ont rien à garder et avec qui personne ne joue ! En plus le souci permanent de l'argent, la mauvaise conscience qui augmente verre après verre ! Dans les bistrots à menu unique faire comme si ça n'avait pas d'importance (les serveurs font pareil, en habits apprêtés, des fantômes parfaits). Et ne pas se faire rouler sans arrêt ! Fumer bêtement, fumer sans cesse pour pouvoir croire qu'il *se passe* quelque chose ! Le regard fixe : eh, pas de clochards ici ! Les uns ont atterri là après une solide beuverie de bureau, des suiveurs, sachant à peine comment : il y a trois heures, pour cinq minutes seulement (mais où est la serviette aux dossiers urgents ?), les autres, après de longues hésitations, en conflit avec eux-mêmes ; et ceux qui depuis des années ne trouvent plus la sortie – voulaient juste aller acheter des cigarettes, déposer le billet de loto et au maximum une bière, une seule, rapide ! C'était il y a dix-sept ans facile, un vendredi soir *perdu* du mois de mars ! Ceux qui ont très bonne mine, en Allemagne, ce sont les gens des publicités pour le tabac, 1,1 mg de nicotine et 17 mg de produit de condensation (goudron), et au petit matin, le consciencieux service import de ramassage d'ordures. Celui qui vient nous chanter que l'argent n'a pas d'importance, on ne risque pas de le prendre au sérieux. Dealers, agents, police secrète. Il y a peut-être quelques gros malins qui se l'offrent aux frais de l'entreprise, avec une fiche pour l'administration : repas d'affaires. Il doit y avoir quelques resquilleurs, aussi, pour que le *mot* n'ait pas été forgé en vain et qu'il reste encore un peu en vigueur. Mais les gens vraiment distingués font venir les cuites et les femmes et le monde à domicile, au gré de leurs besoins, ils ont le choix, puis ils remplissent un chèque, le *font* remplir ! Quel dur métier que celui de voleur, un fonctionnaire des finances ne peut imaginer à quel point. Ceux-là restent au comptoir devant des verres pleins, vides, puis à moitié pleins, ne cessent de les verser en eux : des vases communicants. Douze types au comptoir. Et derrière, deux qui ne font rien, comme d'habitude, que tirer des bières des deux mains, travaillant à la pièce, alignant des bâtons sur des sous-verres trempés, en bras de chemise en sueur. Pils et Export : y arrivent à peine ! Puis les trajets de retour laborieux et ivres, inévitables, et la nuit à pas d'heure : dernier S-Bahn raté et aussitôt qu'il s'est mis à pleuvoir, comme pour l'éternité. Avec deuxvirguletrois grammes pour mille au volant ne pas se laisser distraire, encore moins de son demi-sommeil : à trois heures du matin l'Alleering vide s'élève vers le ciel, bretelle d'accès vers *une voie lactée monstrueusement rapide* ! Le lendemain matin les survivants se doivent de retourner au travail. Comme après une guérilla temporaire mais impitoyable, tous jusqu'au dernier. Compter l'argent qui manque, recompter et râler pendant des semaines, cette pute si chère au bout du compte (ce n'était de toute façon pas la bonne, comme d'habitude), n'aurait-elle pas pu *jouir* à la fin ? Le lendemain, pareil ! Un peuple de suicidaires impuissants et découragés – comme les lemmings, sauf que dans leur marche vers la mort ils ne cessent désespérément de se perdre, de s'égarer, encore telle et telle chose avant (quand sont les prochaines élections ?) et il leur faut des décennies pour réagir, sauter. Sans cuites, ce manque, avec si peu d'espace autour de toi tu ne le supporterais pas une demi-heure sans souffrir d'une sérieuse sous-alimentation des sens, d'un scorbut de l'esprit. En dernier lieu ta représentation du monde puérile et ancienne comme fiction, *conspiration* : ils font tous semblant de faire ce qu'ils font ! Dès que tu auras le dos tourné, la magie sera remballée : à la trappe, à la vitesse de l'éclair. Couvercle par-dessus ! Et cette taupe souterraine géante, le souffleur, qui vient de rendre doucement son dernier soupir. Aussi souvent que tu viennes, ils arrivent toujours à reconstruire leur scène fantôme n'importe comment, à la hâte : de plus en plus d'erreurs à chaque fois ; ne se donnent *même plus la peine de dissimuler* !

Et à travers ces mornes années cinquante et le début des années soixante, tu vois les paysans dans les villages à la fin de leur journée de dix-huit heures d'autrefois (caduques) asseoir leur large cul, comme aux temps reculés, inconnus et sans nom, s'asseoir soir après soir au bistrot du village, s'asseoir sur le banc inconfortable du poêle, et lourds et fatigués, rêver maladroitement du *quartier de la gare de Francfort*. Descendre la Bergstrasse ensoleillée et pénétrer loin dans la plaine fertile du Rhin. Jusqu'à Worms et Lampertheim. Dans le Taunus, l'Odenwald et le Spessart. Dans la Wetterau, quand le jour s'en va, et dans le Vogelsberg, où tout est calme. Dans le massif du Röhn. Jusque dans les territoires sombres aux limites de la Zone et là-haut, dans la froidure du Bergische Land, ils sont assis et ne sont jamais rassasiés en pensée. Au fin fond du pays de Bade et dans le pieux Palatinat ensommeillé ils en rêvent aussi ; plus ils en sont loin, plus c'est *clair*. Ils sont assis, muets, comme dans leur propre tête, dans leur cervelle. Peut-être sont-ils allés une fois à la foire agricole, ils se seraient *presque* risqués, avec huit autres types. Depuis la rue commerçante, la Düsseldorfer Strasse, en passant par les chantiers abyssaux, ils auraient risqué des plaisanteries et des regards audacieux, et avec un sérieux absolu, au coin de rue suivant, dans un snack où on boit de la bière debout, ils auraient bu une bière-debout mal tirée (l'écume aux lèvres) puis pas à pas dans la rue animée, la Kaiserstrasse ; ils poussent les autres en avant et restent en retrait. Jusqu'aux environs du premier croisement. Oui, s'ils avaient eu une lance pour prendre le commandement, comme dans la Wehrmacht en son temps – ou un autre genre de lance comme les sept Souabes autrefois et qu'ils avaient pu s'y accrocher tout en marchant au pas de l'oie : personne en premier ! Mais plutôt rentrer, hors d'haleine : *dare-dare* dans le hall de la gare, dieusoitloué ils connaissent le trajet du retour et l'horaire par cœur, train après train. Les voix des haut-parleurs, le mal du pays et çà et là la conscience intérieure, toujours plus fort. *Attention aux voleurs* ! Contempler la cohue et se demander qui n'est pas un voleur, ici ! Et à bout de souffle, laisser passer pendant quatre heures train après train, déchiré, mon Dieu, le portemonnaie dans la poche du pantalon aussi chaud et humide que par quarante de fièvre ! Avec le Ludwich, Ortsbauernführer, chef local des paysans en son temps, la foire agricole à tarif réduit, avec les collègues de travail le Salon de l'auto 1957, avec la femme et la belle-sœur les soldes d'hiver géants dans le tumulte de la Zeil (c'était en 1956 ou 1955 pour le trousseau de la Lina, à l'époque), avec l'association de chanteurs *au complet*, allés comme un seul homme au Römer en habits du dimanche, un bâtiment neuf, avec les enfants au zoo (instructif mais la peau des fesses), avec la fondation d'aide aux mères de famille au Palmengarten, pour six marks cinquante le trajet et l'entrée, parce qu'en fait il restait des places dans le car, parce qu'en fait la moitié du car était vide, les hommes aussi ont pu, finalement – inscription au bureau local de l'association – s'inscrire et faire partie du voyage. Pour six marks cinquante. Sont-ils, depuis le Palmengarten, intrépides comme les premiers observateurs d'étoiles six heures durant à l'œil nu, allés vers le quartier de la gare sans savoir exactement la direction – ici ou là ? Et toujours dire : oh magnifique, avec à-propos, quand leur femme reconnaissante les attirait par le bras de fleur en fleur. Six marks cinquante. Sur chaque brin d'herbe une étiquette savante. Reluqué chaque femme, ne serait-elle pas ? Et dans le car, pendant le trajet du retour, chanté les chansons du pays, pleins de nostalgie et de regret, grün is die Heide, verte est la lande ! Légère envie de vomir pour tout le monde, pour ça il y a des sachets. Et avec le car qui tangue sur l'autoroute, à la nuit, entrés dans un bar automatique fabuleux, ça coûte de l'aargeent ! Arrêtés aussi pour pisser, évidemment. Ils ont encore les lumières devant les yeux, Seigneur, plus de vingt ans après ! Et n'arrêtent pas d'en rêver, n'en sont jamais rassasiés en pensée, amènent toujours *habilement* la conversation dessus en jouant au skat, le samedi soir, chez Louis ou au Grüner Baum. Et s'ils ne jouent jamais au loto, ils en rêvent quand même. Le Hamannpaul doit sûrement y aller souvent : prix d'ami ! Tutoie tout le monde. Le Hamannpaul est un cheminot du village voisin qui ne craint ni Dieu ni diable ! En rêver *secrètement* sur le banc du poêle, en rêver au travail des champs, en attelant et en nourrissant le bétail. Chaque jour de nouveau. Le quartier de la gare de Francfort. Aux fonderies Buderus à Lollar et à Wetzlar, pendant les trois-huit à la briqueterie, à Gladenbach, à Herborn, dans les anciennes forges chrétiennes du Siegerland, dans les hauts-fours baptisés, à la chaîne chez Opel, dans le bâtiment et les travaux publics, chez Lahn-Waschkies, à Giessen chez Bänninger et chez Gail'sche Tonwerke (tant qu'on a du travail, il faut être reconnaissant d'en avoir), tandis que leurs villages se transforment en banlieues et cités dortoirs ; en rêver devant le Tagesschau et devant l'édition de nuit du Tagesschau, le speaker regarde hors de sa boîte et il sait (lui-même ne peut penser à rien d'autre, telle une *ampoule* sa tête vient nous éclairer). Dans les champs, la carrière, à la scierie, manœuvre ici ou là, *la scie à ruban peut crier* ça ne leur sort pas du crâne (un paysan qui a un autre travail s'en sortira plus facilement). Aux abattoirs aussi, oui, particulièrement aux abattoirs – qu'est-ce que ça peut bien signifier ? Au printemps en charriant le fumier, en coupant du bois dans la forêt de décembre ; chacun son propre esclave le temps d'une vie, morose et mal nourri. Ils ne savent pas parler aux étrangers. Ici l'avant-mars, le printemps est plutôt un *après-hiver refusant de partir* ! À l'étable, dans leurs pensées, s'occupant tout seuls de deux vaches maigres et douces, la Lies et l'Elsbeth, toutes deux plus très jeunes, qu'on tapote et qu'on estampille comme des putes de la gare de Francfort : vous ne mangez pas tout ? Au moins une fois dans sa vie avec son épouse… dans un langage prudent – comment trouver ? Peut-être pourrait-on aller tranquille vers la mort et mieux supporter, malheureusement c'est totalement inimaginable, on n'y parviendrait pas en vérité alors plutôt toute sa vie courbé, prisonnier de son propre crâne.

Pire encore quand ça a commencé, qu'ils se sont mis à découper comme un gâteau leurs minuscules arpents jadis isolés et pierreux et à les vendre comme terrains constructibles en se frottant les mains, ils auraient bien aimé les vendre trois ou quatre fois : aimé les vendre et puis tout dévorer eux-mêmes ! L'argent, une partie enterrée (pour l'éternité) dans la grange et de l'autre, avidement cachée dans le bâtiment annexe (qui ne sera jamais fini), construit et démoli cinq fois par nécessité et se tuer encore à la tâche le soir après le boulot jusqu'à l'invalidité précoce. Comme le rêve nous *mine*, une maladie qui nous survit ! Combien d'accidents du travail ou de voiture inexpliqués remontant à ce rêve, on ne peut l'estimer. Pire encore quand eux ou leurs fils (qui ont hérité du mutisme comme du rêve) deviennent propriétaires d'une voiture – Frankfurt am Main 66 km. Tous les panneaux indiquent le quartier de la gare (derrière les nuages, là-bas, au coucher du soleil) ; le litre de super pendant des décennies coûtait souassante fennichs maximum, mais même dans leur propre voiture ils ne se rendaient qu'au travail, avec ponctualité. Le pire c'est le rêve qui les tourmente la nuit, à longueur d'année, dans leur moitié de lit conjugal, dans la chambre à coucher à l'étage supérieur : à côté l'épouse dort en soufflant bruyamment ; elle dort comme ça depuis des décennies, depuis le troisième

…fant et il nous reste à peine la place de respirer, en
…ueur, brûlants comme le portemonnaie de jadis dans la
poche du pantalon, à la gare centrale : ils l'ont toujours !
Le pire ce sont les soirs de printemps, d'été, d'automne
et d'hiver, le pire de tout, les soirées du samedi, quand
ils ont balaillé, c'est-à-dire balayé la rue devant la maison
pour se distraire, comme le voisin, et qu'il *ne veut pas
faire nuit* ; c'est dur à supporter ! Vu d'ici : très loin, dans
une dernière lueur, à la lisière extrême du jour tu les vois
devant le portail de la cour, sur les marches chez Louis.
Dans le passé. Au Grüner Baum tu les vois assis, et sous la
lampe de leur cuisine couleur miel. Depuis 1962 environ
(comme le temps passe) comme vissés devant leur télévi-
sion d'État. Aussi fidèles à la réalité que dans les tableaux
de Brueghel ils sont assis là, prisonniers de la lumière :
comme dans des bouteilles de bière pleines, vides, à moitié pleines, réellement, tu les vois assis à l'intérieur, *pris
dans ce rêve !*

IV

L'Occident

Giessen an der Lahn, dans chaque coin nichent encore les cauchemars de nos ancêtres. Quand nous voulions aller le samedi à Francfort, mon ami Eckart et moi avions l'habitude de quitter la ville à pied ; assez le temps. En marchant nous entendions les trains rouler sur les voies ferrées de l'autre côté. Il me racontait en chemin comment il développait son marché, et les films de la semaine. La route monte, le plus souvent. Jamais on n'aura fait depuis d'aussi bons films que ceux qu'il me racontait. Je n'irai plus au cinéma de ma vie, à moins d'y être obligé en tant que critique ou ministre de la Culture. Avant même de nous en rendre compte, nous sommes près du vieux pont de chemin de fer rouillé de Kleinlinden et ça n'en finit pas. De chaque film naît un film meilleur. *Elle s'appelait Marion et pourquoi* n'en serait-il pas aussi amoureux aujourd'hui, pourquoi n'éprouverait-il pas chaque fois 'il pense à elle le même frisson joyeux qu'au regard de éternité, qu'au premier jour ? Elle prenait des cours de piano et des cours de danse. Quels longs tours et détours il faisait chaque jour pour être sûr de la rencontrer par hasard : il parvenait à la croiser trois-quatre fois sur le même trajet sans être pour autant essoufflé. Quand il faisait trop chaud, il portait sa veste sur le bras : 69 dollars. Maintenant il fait passer du chocolat Cadbury, deux variétés, sans douane, du mousseux et du cognac espagnols. Sans oublier, toujours, ces différents avenirs (innombrables) que nous trimballions forcément. Passer sous le pont qui fait éclore le soir. Et le lait du Government de l'Officers Mess, ne devrait-il pas aussi, à l'avenir ? Dans des briques et des berlingots – à l'époque il y avait encore ici des laiteries et des bouteilles de lait et à Giessen, par exemple, dans les beaux quartiers, des laitiers bottés de l'Oberhesse qui, la casquette sur la tête, venaient apporter le jour en ferraillant à l'aurore avec des bouteilles et des bidons. Du porte-à-porte. Comme de la crème fraîche, ces matins, j'ai le sentiment quand j'y pense d'une autre époque, sortie d'un livre d'images. L'essence du Government est *colorée à dessein pour qu'*il ne soit pas si facile d'en mettre sur le marché mais le lait, pas encore. Il ne manque que la clientèle, en revanche comme revendeurs quotidiens et assidus il aurait déjà les élèves acheteurs de chewing-gums, un élève de premier cycle toutes les trois rues. Même s'ils n'avaient que 8 ou 9 ans, ça suffirait. À Wieseck il connaît un ancien restaurateur et boucher qui, en pleine décomposition comme le monde et comme Dieu, élève à présent des oiseaux tropicaux et lui fournirait un réfrigérateur de bistrot, 400 litres, à un prix ridiculement bas voire gratuitement, mais où le mettre ? Le peuple s'habituerait-il aux berlingots ? Si j'avais bien compris, le lait ne coûterait rien, rations en stock, il y avait des aides de cuisine et des sorties de secours ; problème de transport. Il y avait même une rampe de chargement. À Kleinlinden dans une cour on voyait un Noir heureux, assis près de sa voiture. Tous les samedis. Une ancienne cour de ferme, le portail grand ouvert. La voiture était dans la cour, toutes portières ouvertes, coffre et capot levés, une Studebaker Golden Hawk bleu nuit, la dernière Studebaker à avoir été fabriquée. Le Noir était assis en chemise hawaïenne sur une chaise pliante tout près, l'autoradio, The AFN (l'American Forces Network), Saturday Afternoon. *Quatre heures de l'après-midi*, assis là il buvait une canette de bière. Avec des lunettes de soleil il n'y avait pas de jour gris. Les pieds étendus devant lui, dans des mocassins à motifs blancs. Dans un carton, sur le sol ancien, de pleines canettes de bière. Depuis le deuxième ou le troisième samedi il semblait nous attendre : nous faisions signe et il riait, agitait sa canette. Avec toutes ses portes et ses clapets ouverts la Studebaker semblait avoir été conçue pour voler : prête à décoller. Et si nous étions en retard, les hirondelles, au-dessus de la cour.

À la sortie de Kleinlinden la route montait doucement. Comme si derrière les dernières maisons on entrait tranquillement dans le ciel du soir, tu vois, *c'est là qu'on va* ! En lisière de la forêt, à peine avions-nous commencé à faire signe (ou le temps avait-il disparu en plein vol tandis que nous fumions des cigarettes sans fin ?) qu'une voiture s'arrêtait déjà. Comme si commandée. Autrefois le stop était considéré ici comme une mauvaise habitude, une mode étrangère (il y avait même des policiers qui voulaient vous persuader que c'était interdit et passible d'amende ; leur monde se composait de voleurs à la tire et de maniaques : on devient *facilement* victime, et *vite* un assassin !) et il ne fallait pas trop compter être pris davantage par les Américains que par les Allemands ; du moins en était-il ainsi le samedi soir entre Giessen et Francfort, du moins dans mon souvenir. Une fois une Plymouth dorée aux ailerons flambant neufs, le conducteur, un sergent des blindés des Ray Barracks, 3rd Armored Division, venait d'en prendre possession à Bremerhaven, il avait des bottes de pêcheur vertes comme des roseaux qui lui montaient jusqu'au-dessus du genou – j'ai déjà écrit à son sujet : c'est donc comme si on rencontrait une vieille connaissance. Il avait dû faire le trajet avec ces bottes de pêcheur, de Bremerhaven jusqu'ici, jusqu'à Friedberg. Je l'écoutais tout en voyant les bateaux entrer et sortir dans le ciel du soir. À l'époque il devait être plus jeune que moi aujourd'hui mais il me semblait très vieux, en tout cas largement adulte et au-delà – maintenant il est vraiment vieux et peut-être qu'il est assis devant une maison mitoyenne du Montana ou devant une cabane de rondins (devant une maison mitoyenne camouflée en cabane de rondins), qu'il est assis tous les jours sous le ciel du soir, là-bas, assis et qu'il a une histoire à raconter. Si la maison devant laquelle il se trouve lui appartient, il peut être satisfait. Après sa longue route, il avait encore fait un détour pour nous. On ne peut que lui souhaiter, sur ses vieux jours de s'en souvenir! Et une fois dans une immense Chrysler Imperial bleu clair ou dans une Saratoga faisant du 230 kilomètres heure ; le conducteur ressemblait à Elvis, ce qui n'était pas rare à l'époque (nos visages font partie de l'époque beaucoup plus que de nous et subissent son empreinte). Il devait être cinglé ou ivre, avec sa chemise rouge, et le samedi soir les deux à la fois, et pour son malheur, amoureux, car à peine étions-nous montés, rayonnants, qu'il roulait à 230 kilomètres heure – si le moteur est sans doute fait pour une telle vitesse, les freins, le châssis et le roulement le sont rarement, les gens non plus, pas plus que ne le sont les soirs d'été. C'était *avant* que la B3 soit aménagée. Il nous avait cueillis derrière Langgoens, au milieu d'une discussion importante, et Butzbach se démantelait déjà comme une fête foraine délaissée. Les blés étaient déjà hauts, dorés. Nous avions toutes les vitres baissées, à la radio un solo de batterie, les champs défilaient en trombe et les chemins de terre, à droite, à gauche, et les chemins d'été avec leurs ornières de sable rouge et blanc couraient, vides, vers l'horizon et jusque dans le soir. Combien de virages sans visibilité la B3 avait-elle encore à l'époque, et comme ils se tordaient en s'enroulant autour de nous, crissant, comme si les champs de blé voulaient se précipiter sur nous par vagues mugissantes, tels une mer dorée. Combien d'arbres y avait-il encore le long de la route, à l'époque, nous entendions les oiseaux chanter et dans les virages ils couvraient la musique et les déplacements d'air. À l'époque je savais à chaque instant qu'il ne pouvait rien m'arriver ! Depuis quelques années je n'en suis plus aussi sûr, plus en toute circonstance. Il nous fit descendre à la sortie de Friedberg, près d'une station-essence, à l'embranchement de Bad Homburg. Il descendit aussi et enfila à la hâte une veste blanche sur sa chemise rouge ; nous enfilâmes nos vestes aussi. En développant suffisamment le marché, nous pourrions nous acheter une veste blanche aussi ; un été sans fin. Après la rapidité du trajet, ce fut une expérience nouvelle de voir qu'on avait encore nos membres au complet, tous mobiles, et chacun à sa place. En disant au revoir il rit comme sur les affiches. Soudain le doute me vint, à cette vitesse savait-il vraiment où nous étions, où il allait et ce qu'était réellement l'Europe ! Comme métamorphosés, *revenus par magie* à notre forme première, nous étions au bord du trottoir et le regardions saluer de ses feux arrière rouges, étendre ses ailerons et s'envoler vers l'ouest jusque dans le ciel du soir, bleu clair, immense. La musique flottait derrière lui comme une étoffe colorée, et l'or de la poussière de la route. Tu n'es *vraiment là* que quand tu ne sais plus où tu es !

En général il fallait deux voitures pour faire le trajet, du moins était-ce ce que nous préférions. Traverser Friedberg à pied comme des étrangers : *aux aguets* le long de l'éternelle et unique rue principale, d'une extrémité à l'autre, dans le soir. Il y avait déjà à l'époque un glacier où on servait des espressos. C'était comme s'asseoir dix minutes, heureux, en Italie, à peine arrivés, Vénitien nés. De nombreux passés. Dans la rue principale de Friedberg j'ai toujours pensé qu'un jour je saurais, verrais, serais tout, tout à la fois. *Si douce est la lumière avant de décliner.* Nous avions l'habitude ponctuelle d'acheter une bouteille de vin pour la route. N'ayant jamais de tire-bouchon, nous devions toujours la faire ouvrir sur-le-champ dans la boutique, puis avec précaution le bouchon de la main – plutôt d'emblée deux bouteilles ! Je ne me suis offert un tire-bouchon que l'année suivante, la première fois que je suis allé à Paris. Et tout ce temps mai, juin, l'été semblait toujours tout juste commencer, de longues soirées claires, unseuletmêméeété ! Dans les villages il n'y avait pas encore de voies de contournements, dans les villages ils étaient toujours en train de balayer la rue ou ils venaient de terminer, les sédentaires, les habitants. En humeur de samedi. *Ou* ils balayaient deux ou trois fois, et les voisins pareil : chacun des voisins doit comprendre qu'on balaie vraiment la rue ; ne sommes-nous pas les voisins de nos voisins ? Ou ils se tenaient devant les portails des cours, devenaient de plus en plus petits (après une longue semaine nos propres mains soudain nous gênent : on ne sait quoi en faire) ; encore longtemps avant qu'il fasse nuit. Parfois le slang nous réussissait si bien pendant le trajet que le conducteur jusqu'au bout n'arrivait pas à croire que nous n'étions pas de jeunes Américains pleins d'avenir (plus notre slang était bon, plus ces incorrigibles professeurs d'anglais avaient l'air idiots). Alors que d'un côté l'été croissait, croissait sans jamais prendre fin, d'un autre côté les samedis soirs ne nous suffisaient pas, se prolongeaient encore dans le dimanche bleu clair et souvent jusqu'au lundi matin.

Après il était difficile de trouver une fin, c'est-à-dire un début à la semaine suivante : deux sortes de temps ! Bu mon premier verre de vin à 15 ans et *pendant vingt et un ans plus jamais redevenu sobre.* Connu par cœur chaque empan du ciel sur le chemin ! Le présent, ce n'est pas seulement maintenant ! Mais je voulais parler de mon ami Eckart et de son marché, de l'époque (où est-elle passée), et sinon encore un peu du quartier de la gare. Ce n'est que maintenant qu'il me semble clair que ma jeunesse a duré longtemps et que la jeunesse est un âge difficile de la vie. Mais il n'y a plus assez de place ! Reste à relater comment il a commencé à perdre pied après deux ou trois années de première parce que le marché faillit le dévorer, parce que sa mère ne voulait pas renoncer à son rêve périmé et qu'elle lui prescrivait des cours particuliers pour l'ensemble des matières, principales, secondaires, de sorte que des après-midis de liberté d'autrefois il ne restait que des bribes, un désastre quotidien. Tandis que les jours de semaine il courait après le temps, mélangeait tout, les matières principales, secondaires, leurs cours particuliers respectifs (tous ces vieillards cupides habitant aux deux extrémités de la ville), et prenait même le taxi pour ses affaires, se faisait donner des fiches et les conservait soigneusement dans les poches de ses vestes sans perspective de pouvoir les déduire même partiellement des impôts (contrairement au premier boutiquier venu) et devait en outre chaque jour parcourir encore et sans fin les mêmes rues ordinaires de Giessen, selon un plan concerté ou à l'inspiration, en vertu d'un heureux hasard, pour rencontrer cette Marion et éprouver de nouveau le même frisson soudain et joyeux, en dépendance totale, tous ces après-midis pétrifiés en ville, comme lorsqu'une vague chaque fois nouvelle *déferle délicatement dans le cœur* ! Le matin il la voit aller à l'école ; la nuit il réécrivait pour elle son journal, nuit après nuit – au cas où plus tard, après des décennies d'une vie commune sans nuage, elle demanderait à le lire ; ils seraient vieux tous les deux et n'auraient ni soucis ni obligations financières, contents-contents, jamais de dispute, là il était à court d'idées. Peut-être seraient-ils dans le milieu du cinéma, couple heureux depuis des dizaines d'années. Il ne me le pardonnera jamais, mais peut-être ne lit-il le St*ern* et le *Rundschau*. Je crois qu'il notait des phrases que je disais en toute innocence, en passant, pour les utiliser secrètement la nuit et améliorer ainsi son journal. Reste à relater comment sa mère finit in extremis (jamais on ne pourra l'exprimer avec assez de détours) par en venir à la conclusion qu'elle devait renoncer à son rêve éculé ou du moins le réviser sur le long terme à ses frais ; je crois qu'il y eut un marchandage officiel, s'il quittait l'école ils lui feraient une attestation de Mittlere Reife, de brevet. À l'époque impériale ça s'appelait encore Einjährige. Et le marché, son marché, lui échappa (comme un continent sous nos yeux se disperserait en îles et en îlots soumis à une dérive immense, qui *s'éloigneraient toujours plus vite toujours plus loin, irrémédiablement*) parce qu'après les derniers jours de vacances qui lui étaient accordés, il ne lui restait plus qu'à entrer lui aussi en apprentissage, ce qui ne lui convenait nullement puisque son temps serait désormais prélevé régulièrement dans les délais, par virement permanent. Entre-temps l'OTAN n'a cessé de modifier son concept de défense et à ma connaissance il n'y a plus de marché, et des places d'apprentis seulement par l'intermédiaire de la Chancellerie ou du journal *Bildzeitung*, bien que les marges bénéficiaires d'aujourd'hui soient sans doute plus importantes que jamais. Au lieu de se garder au moins les soirées éphémères d'après le travail pour les cigarettes et le whisky (seuls postes à rapporter des gains solides et réguliers sans trop d'efforts), il se dispersait fiévreusement avec des magazines de photos à quatre dollars, des stylos bille Parker et des protège-chéquiers en croco, idéalisme étrange. Nous commencions à en avoir assez, des pertes. Sa mère, qui lisait des livres sur les problèmes de la jeunesse, acheta son premier téléviseur. Quoi de plus évident que de compenser une série de pertes précipitées et un éternel manque de temps par un grand coup unique, une affaire d'American Express qui tourna mal, elle aussi, à son heure : des années après il expliquait encore en détail pourquoi ça aurait dû en principe marcher, *plein aux as à coup sûr* !

Il restait une pile de disques de blues qu'on ne trouvait pas chez les disquaires de l'époque et dont la recherche avait dû lui coûter en deux ans autant de temps et d'efforts que son marché. Sans le marché cela n'aurait pas été possible. Les chanteurs avaient pour noms Big Joe Williams, Memphis Slim, Sonny Boy Williamson, Washboard Sam et Louisiana Red, ce genre de noms ! Et c'était toujours leur vie, leurs cuites et leur malheur qu'ils chantaient. Et le travail, mon Dieu, maintenant il ne reste plus assez de place pour écrire un poème sur chaque blues ! Désormais nous passions nombre de soirs de semaine assis dans sa chambre à *écouter* ces disques. D'une fois sur l'autre meilleures, nos traductions. Tandis que la nuit tombait doucement par la fenêtre, qu'elle restait longtemps, qu'il faisait parfois de nouveau jour, d'abord presque imperceptiblement puis impossible de ne pas le remarquer. Nous bûmes peu à peu le reste de whisky, vestige du marché, des gallons et des demi-gallons, le cognac espagnol et une fin de série de mousseux espagnol, rouge, ce qui dura un certain temps. Nous fumions des cartouches de cigarettes américaines à des prix ridiculement bas comme si on s'attendait à une perquisition et qu'il faille détruire le stock de preuves en vertu d'une consommation en bonne et due forme ; et depuis, fumeur à la chaîne. Et je nous vois, maintenant encore, nous remettre en route un autre samedi soir (quand la nuit est-elle tombée ?) ; dans l'escalier je croyais que ce serait bientôt les derniers feux de l'été, que cet été lui aussi, contre toute attente et raison, prendrait fin tôt ou tard, mais à peine étions-nous sortis de la maison qu'il se mit à *neiger* ; la porte se referma sur nous. La Schottstrasse de Giessen est une rue latérale tranquille, depuis toujours. Bien qu'il n'y ait pas loin jusqu'au centre, elle a l'apparence d'une rue classique de banlieue. À toute heure du jour. Presque personne ne déménage. On voit les enfants qui y habitent grandir, les gens vieillir. Et quand on finit par ne plus voir quelqu'un qu'on regardait vieillir plus longtemps que la durée d'une grippe ou de vacances, on sait que la personne est décédée ou dans un asile, ce qui revient au même : désormais on ne la verra plus. On voit la cheminée de la brasserie et quand le ciel est couvert et que le vent titube et s'effondre, fatigué et tremblant, on sent pendant des jours dans les rues latérales une odeur de houblon et de fermentation. Ça sent toujours plus fort après ; comme si le calme et l'affliction de ces journées faisaient éclore l'odeur. C'est dans cette brasserie que mon ami Eckart débuta son premier apprentissage sans le bac. Comme une sinistre cathédrale la brasserie se dresse jour et nuit au-dessus des rues latérales du quartier, telle un crématorium.

Samedi soir, il neige, on va vers les dix heures. En route à pied, à pas de géant, nous voulons aller à l'Atlantik bar, un bistrot de Noirs derrière le remblai. Pas loin de la gare de marchandises, pas loin de la Lahn emmurée, des citernes de gaz de la ville. Pas loin du centre d'accueil d'urgence et des vieux abattoirs. Entièrement brûlé pendant la guerre et reconstruit seulement à moitié, l'Atlantik Bar se dresse comme une dent creuse derrière le remblai, entre des hangars et des entrepôts, et les trains qui passent en filant. Trois marches au-devant, un néon à la lumière alternativement bleue et rouge. Toujours plus de neige, nous emportons (dans un sac qui se détrempe doucement) une bouteille de whisky d'un gallon, l'avant-dernière, pour la revendre au marché, une bouteille de Jim Beam avec poignée. Et une bouteille (comparativement minuscule) de cognac espagnol pour la route, pour nous : trois-quarts de litre, déjà entamée. Avons bourré avec circonspection nos poches de cigarettes américaines, comme pour ne plus jamais revenir. Toujours plus de neige, nous traversons la nuit et la lumière changeante pour parvenir à l'entrée où joue une musique, un blues que nous reconnaissons d'emblée. Et comme on dit à juste titre dedans : tous les soirs quand le soleil descend, mon trésor, un train part vers le Sud, *c'est juste, c'est vrai !* Toujours plus de neige, en tout nous avons raflé – comme dans l'ancien temps, avant de découvrir le marché et ses possibilités – environ 5 marks 80 ; à quoi s'ajoute l'argent du whisky, quatre dollars ou peut-être six (le dollar était encore à quatre vingt-six) et nous voulons tenter de trouver, dans la bourrasque et dans la nuit, une voiture pour aller à Francfort. *L'été encore omniprésent et d'un coup, tu regardes et il neige !* Les Noirs préféraient conduire de très vieilles Lincoln ou des Cadillac, à la rigueur des Buick d'âge moyen plutôt que des Dodge ou des Chevy neuves ! Ils conduisaient avec, dans la voiture, une bouteille par personne, passant la soirée à aller d'un bistrot de Noirs à l'autre, rien qu'à Giessen il y en avait toujours au moins cinq et encore deux ou trois en banlieue, et tout le temps de la bonne musique. Jamais je n'oublierai leurs rires la nuit. Rouler toute la soirée de bistrot en bistrot, mon Dieu, et les meilleurs d'entre eux se retrouvent après à minuit et s'en vont à trois ou quatre voitures à Francfort. *Pas du tout fatigués !* Dans leur Lincoln ou leur Cadillac, qui auraient pu chacune être une ancienne berline présidentielle, la nuit tous les climats leur conviennent, c'est clair, mon vieux, c'est pas un problème ! Alors démarrons tout de suite ! Mais où est passé le temps ? La prochaine fois que je devrai écrire sur le quartier de la gare de Francfort (pour une feuille cléricale progressiste, peut-être, qui sait où je serai *alors*) je parlerai en sous-main de Marseille et d'Istanbul ! Depuis Üsküdar, de l'autre côté d'Istanbul, on voit le quartier de la gare de Francfort comme dans un miroir, l'autre côté de l'autre côté d'Istanbul, comme le marché d'autrefois, une troupe de petites îles désuè-

tes qui s'éloignent, l'Europe, et sombrent dans la fume
du soir. Avec les lampions colorés et candides d'Üsküdar
et les feux de camp inlassables des Mongols, l'Asie s'est
dressée, abrupte, derrière nous, dans la nuit venue de
l'Est et le quartier de la gare à Francfort nage vers l'Ouest
dans l'ultime lumière, sous trois ou quatre demi-lunes
argentées, une étoile rouge solitaire comme dernier pan
et fioriture d'un Occident déclinant. Là, à cette table de
cuisine qui ne m'appartient pas : dix heures du soir en
juillet, *assis là, je n'ai pas fini de rêver !*

Cécile Wajsbrot

Postface

À l'origine d'*Un été sans fin* – la traduction littérale de *Mein Bahnhofsviertel* serait « Mon quartier de la gare » – se trouve la commande d'un mensuel alternatif de Francfort né dans la mouvance de Mai 68, le *Pflasterstrand*, dont le principal inspirateur était un certain Daniel Cohn-Bendit. Le titre faisant bien sûr référence au slogan de 1968, « Sous les pavés – *Pflaster* – la plage – *Strand* ». Au début des années 1980, le quartier de la gare de Francfort, voué à la drogue et à la prostitution comme souvent autour des gares, fait l'objet d'une opération d'assainissement qui est aussi une opération immobilière. Peter Kurzeck habite Francfort depuis les années 1970 et dans son livre alors le plus récent, *Das schwarze Buch*, le livre noir, la ville joue un rôle important. Il semble tout naturel de lui demander d'écrire quelque chose sur la destruction de ce quartier. Mais assis à sa table de travail, Kurzeck laisse parler ses souvenirs ou plutôt, se promenant dans sa mémoire comme dans les rues de Francfort, autour du quartier de la gare ou ailleurs, faisant maints et maints détours, loin d'aborder les années 1980 il visite la fin des années 1950 et les années 1960, l'époque où Francfort vivait à l'heure américaine – certes le quartier général des forces d'occupation américaine s'y trouvait, mais surtout les produits de consommation et la musique conquéraient le pays plus sûrement qu'une armée. En 1984, année de commande du texte, Kurzeck retrace un temps qui paraît déjà loin – le marché noir, l'atmosphère laborieuse et grise des premières années du miracle économique – mais aussi l'adolescence et sa difficulté universelle, l'aspiration intemporelle à d'autres horizons.

Quelques années plus tard, ayant publié deux autres romans chez Stroemfeld – son éditeur fidèle jusqu'à ce jour – et s'apprêtant à quitter son appartement de Francfort, Kurzeck fait le tri de ses affaires et retrouve le manuscrit du *Bahnhofsviertel*. Pour ne plus avoir besoin de conserver ces papiers il se propose d'en faire un livre. L'éditeur est d'accord. Nous sommes en 1991 à présent et les temps ont changé – le mur de Berlin est tombé et *Pflasterstrand*, d'abord transformé en magazine urbain, fusionne avec son concurrent pour donner le *Journal Frankfurt*, qui existe encore aujourd'hui mais dont le rapport avec le titre d'origine est plus que lointain. Une postface serait bienvenue, pense Kurzeck, trois ou quatre pages pour expliquer le contexte, 1984, l'année d'écriture de ces textes. Trois ou quatre pages, l'affaire de quelques jours. Mais la spirale du temps se déroule à l'infini et Kurzeck se trouve aspiré dans des courants plus puissants que la raison, qui voudrait qu'une postface soit plus courte que l'ouvrage qui la précède, plus puissants que la nécessité de rendre un texte à une date précise. Alors quelques pages s'ajoutent, encore une semaine, un mois. « Le soir, je croyais avoir presque terminé, il ne manquait plus qu'une phrase – confie-t-il à Ralph Schock dans un entretien publié dans la revue *Sinn und Form* en septembre 2011 – le lendemain matin je me disais, aujourd'hui j'écris la fin et je suis débarrassé, je pourrai enfin écrire ce que j'ai envie d'écrire. Jusqu'à ce que je me rende compte que ça refusait de me lâcher. »

Mein Bahnhofsviertel paraît en 1991. Mais les pages accumulées de ce qui aurait dû en être la postface n'y sont pas, elles forment le début d'une œuvre, elles constituent l'origine d'une chronique autobiographique et poétique, ainsi que Kurzeck la définira plus tard, dont le titre apparaît incidemment au deuxième chapitre de ce livre, *Das alte Jahrhundert* – ce vieux siècle. Mais n'est-il pas curieux que l'expression figure en italiques ? Comme si, dès ce moment, Kurzeck pressentait que ce vieux siècle aurait un avenir, qu'au-delà du quartier de la gare se dessinerait un vaste horizon…

Un cycle de romans, quatre, annonce tout d'abord l'éditeur, qui deviendront six, et puis douze aujourd'hui dont

...nq ont déjà paru, le premier, *Übers Eis*, sur la glace, en 1997, et le dernier, *Vorabend*, la veille, en 2011. Le point de départ étant cette année 1984 où fut écrit *Un été sans fin*, année de la séparation d'avec Sibylle, la compagne de Kurzeck – ou est-ce celle de son narrateur ? – alors que Carina, leur petite-fille, est âgée de 4 ans. De livre en livre les personnages suivent leur chemin de vie, le narrateur, Sibylle, Carina, la ville de Francfort, l'éditeur KD Wolff et bien d'autres, naviguant sur le fleuve du temps, un fleuve dont les méandres et les crues – car l'année 1984 passe par les années 1950, 1960, 1970, vient déborder sur 1982 et 1983 – dessinent la carte d'une époque saisie dans les moindres variations de son relief. L'entreprise est souvent comparée à la *Recherche* de Proust – les deux œuvres ont en commun en effet le désir de rendre compte d'une totalité, de trouver une forme pour l'accueillir.

Mais puisque le temps joue un rôle primordial ici peut-être serait-ce le moment d'introduire quelques points de repère.

Peter Kurzeck est né en 1943 à Tachau, en Bohème – ville qui depuis s'appelle Tachov. Comme tous les Sudè-tes, sa famille est expulsée de Tchécoslovaquie en 1946. Avec sa mère et sa sœur – son père étant prisonnier de guerre – ils arrivent dans un village des environs de Gies-sen, Staufenberg, qui compte 1 000 habitants et bientôt 600 réfugiés. Son père les rejoindra deux ans plus tard.

Si, à l'âge de 3 ans, Kurzeck ne peut comprendre la portée des événements qu'il subit, l'angoisse des adultes l'atteint évidemment. Les souvenirs de la place où sont rassemblés les habitants expulsés se gravent à jamais. « Toute une ville vidée, raconte-t-il dans le même entretien à *Sinn und Form*, les gens doivent se retrouver sur la place du marché, ne l'apprennent que quelques jours avant, on leur dit le nombre de bagages qu'ils ont le droit d'emporter et ils doivent marcher à pied jusqu'au camp. » Il s'agit des camps de personnes déplacées qui ne cessent de s'emplir dans les pays délivrés de l'occupation nazie. Impossible de les comparer, bien sûr, aux camps de concentration et d'extermination libérés un an auparavant, et ce n'est pas non plus ce que veut dire Kurzeck. Il dit simplement que cette expérience traumatisante a imprimé en lui une obligation de mémoire, le devoir du souvenir. « Il n'y a pas eu que ce camp, nous avons passé toute une année dans des camps du même genre ou dans des trains de marchandises, des wagons à bestiaux. Avec ça il est facile d'en arriver à penser que tout ce qu'on oublie est perdu. Si je ne me souviens pas d'hier, ce jour n'aura jamais existé. » Quelquefois, la fatigue était trop forte, ajoute-t-il, mais il se sentait tenaillé : « Si je ne résiste pas à la fatigue, je ne saurai plus d'où nous venons et ce sera la fin. » Se souvenir de l'origine perdue, des paysages auxquels il fut arraché, de la peur, du sentiment d'être à Staufenberg étranger, des gens, des saisons, des maisons, se souvenir de tout – comment rendre cet absolu du souvenir supportable ? En devenant écrivain. Car tout ce poids, tous ces objets qui cognent dans la mémoire pour advenir au monde, toutes ces ombres, ces figures qui réclament existence, tous ceux qui viennent du passé lointain mais qui vivent aussi aux abords du présent, comment continuer de les porter en soi, d'ajouter les années aux années, les objets aux objets, les compagnons de voyage aux compagnes de vie ? Sans parler même de vivre… En écrivant, matin et soir, parce que le soir, explique Kurzeck, je suis un autre homme et mon regard change sur ce que j'ai écrit le matin. Ecrire sans relâche pour venir à bout de cette chronique poétique, autobiographique, une entreprise de titan dont le cinquième volume comporte mille pages et dont les volumes suivants possèdent tous un titre et certains, déjà quelques dizaines ou centaines de pages.

Peter Kurzeck est un écrivain unique et son œuvre, dans la littérature allemande contemporaine, dans la littérature contemporaine tout court, est de celles, rares, qui laisseront une trace. Une œuvre qu'il n'écrit pas seulement mais qu'il parle aussi – ses récits n'existent parfois que sous forme de dits oraux (comme à l'époque des troubadours) improvisés, enregistrés. Une trace que le quartier de la gare, en cet été sans fin, laisse pressentir. Ce livre est en effet le portique, l'indispensable laisser-passer qui conduit au pays de Kurzeck. Déjà le narrateur est là, au temps de son adolescence, avec un ami, Eckart, une réalité – l'apprentissage, et comment s'en sortir – avec des rêves – écrire, peindre peut-être, partir. Déjà Francfort est là – le quartier de la gare, ceux qui le font vivre, ceux qui y viennent, ceux qui en rêvent. La ville attire les gens de la campagne mais ils ignorent comment s'y comporter. Déjà une vision du monde se dessine – l'empathie avec ceux qui cherchent un ailleurs, l'ironie envers ceux qui ont l'argent pour seul horizon. Déjà une forme se devine, une sorte de monologue intérieur sans le cadre rigide d'une syntaxe toute faite, où les pensées affluent et fuient. Une fluidité. Une précision dans le détail qui, mystérieusement, atteint à l'essence des choses.

Achevé d'imprimer dans l'Union européenne
pour le compte de diaphanes, Bienne-Paris
en 2013

ISBN 978-2-88928-017-9